DISCOVRS DE LA COMETE QVI A PARV AVX MOIS DE NOVEMBRE & Decembre de l'année passée 1618.

Par le P. I. L.

A REIMS,
Par NICOLAS CONSTANT,
Imprimeur & Libraire
en l'Vniuersité.

1619.

DISCOVRS DE LA COMETE QVE L'ON A VEV AVX mois de Nouembre & Decembre de l'année passée 1618.

LE plus vray & plus ſenſible effect de cette Comete, c'eſt qu'elle a faict force Philoſophes. D'autant que la nouueauté des choſes rares & extraordinaires, dont on ignore les cauſes, jette incontinent l'homme en admiration, qui, au dire d'Ariſtote, eſt la ſource & premier principe de la Philoſophie. Car quiconque admire, ignore: & ſentant ſon ignorance comme meſſeante à la perfection de ſon eſprit, pour ſ'en faire quitte, ſe met à chercher ou à part ſoy, ou demandant aux autres, les cauſes de ce qu'il admire & ignore : qui eſt proprement Philoſopher.

Combien de millions d'hommes ont admiré la nouueauté de ladicte Comete? Et cette admiration combien leur a elle faict conceuoir en l'eſprit, combien enfanter par la bouche de demandes & queſtions ? Les vns auront demandé ce que c'eſtoit, quelle eſtoit ſa matiere, quelle ſa forme ; Les autres de quelle grandeur elle pouuoit eſtre, quelle eſtoit ſa figure, & ſa couleur : D'autres ſe ſeront enquis de ſon mouuement, de ſon propre lieu, & combien elle a duré: Qui, aura demandé à quelles eſtoilles & conſtellations elle correſpondoit, cõbien elle eſtoit eſloignée de la terre; Quel rapport elle auoit au Soleil, à la Lune, & autres Planettes : Quels pouuoyent eſtre ſes effects & preſages, & faict autres ſemblables queſtions ; Deſquelles je diray briefuement ce que j'ay peu apprendre, tant par lecture que par obſeruation ; preſt d'eſtre enſeigné & corrigé des autres.

§. I.

DE SA MATIERE.

SA matiere, comme de toutes les autres Cometes, n'a esté autre que l'Exhalaison chaude & seiche, aucunement minerale, montée de la terre en haut, partie de sa propre legereté, partie aussi tirée par les rayons du Soleil & des Astres, & amassée là en grande quantité.

Car il faut sçauoir, que de la terre eschauffée par le Soleil tournant sans cesse à l'entour d'icelle, sortent continuellement des fumées chaudes & subtiles, qui s'esleuent peu à peu, portées, par la legereté de leur propre chaleur & subtilité, ou par la vertu attractiue du Soleil: Et que de ces fumées il y en a de deux sortes.

L'vne est chaude & humide, qui s'appelle Vapeur, laquelle arriuée en la moyenne Region de l'air, refroidie & espaissie là par la froidure d'icelle Region, sert de matiere aux nuées, pluyes, neiges, gresles, & autres Meteores froids & humides, qui retombent sur terre.

L'autre, qui est chaude & seiche, s'appelle Exhalaison, qui comme plus subtile monte plus haut que la Vapeur, si ce n'est que quelque partie d'icelle soit refroidie deuant que d'arriuer à la haute Region de l'air. Car pour lors cette partie ne pouuant par faute de chaleur monter plus haut, s'abbaisse & sert de matiere aux vents, qui battent & balloyent l'air, agitent la mer, nettoyent & rafreschissent les plantes de la terre.

Le reste de l'Exhalaison, qui est plus leger & spirituel, monte par dessus les nuées, & s'espand par la supreme Region de l'air & du feu, ou bien mesme du Ciel, si nous le mettons liquide: comme l'on veoit la fumée s'espandre par l'air. Et c'est de cette-cy, que se font les Cometes & quelques autres Meteores ignées. Car quand cette Exhalaison monte en plus grande abondance que l'ordinaire, la terre y estant plus disposée vne année que l'autre, ou pour la seicheresse & chaleur de l'Esté passé, ou par la conjonction des Estoilles, qui leur donne plus de vertu attractiue en vn temps qu'en l'autre, ou par le concours des nuées, qui peuuent la pousser bien haut par accident, comme elles font descendre le foudre en bas, ou par quelque autre cause: Quand dis-je cette matiere ignée, au lieu de s'espandre çà & là, vient à s'amasser & espaissir, & mesme à se lier auec quelques parties du feu elementaire, elle deuient Comete; ou s'allumant, comme quand la fumée se faict flamme, ainsi que disent quelques vns; ou bien sans s'allumer, le Soleil jettant seulement au trauers ses rayons, qui font cette couleur ignée, & apparence lumineuse de la Comete: Ne plus ne moins que le mesme Soleil, dardant ses rayons dans les nuées au matin ou au soir, leur donne vne couleur rougeastre.

D'où il appert que la matiere de cette Comete n'est autre que l'Exhalaison chaude & seiche, amassée là haut où en l'air, ou au feu, ou au Ciel : & que sa forme, c'est, ou la flamme du feu, ou l'esclat des rayons du Soleil, qui donne à trauers ladite fumée, & qui colorant de sa lumiere l'espaisseur de cette Exhalaison, forme le corps de la Comete, & l'apparence lumineuse de sa queüe.

Or que cette apparence soit plustost la lumiere du Soleil, qu'vne flamme, ou vne fumée flambante, qui sort du corps de la Comete, comme quelques vns pourroyent penser, on le prouue.

Premieremẽt, par-ce-que si c'estoit vne flamme qui sortist comme d'vn foüyer de la teste de la Comete, il faudroit que, selon la nature de la flamme, elle tendist contre-mõt, & par ainsi elle iroit droict au Ciel, suyuant la ligne tirée du cẽtre de la terre par le corps de la Comete. D'où s'ensuyuroit que nous ne la deurions pas apperceuoir : d'autant que le corps de la Comete couurant cette flamme nous en osteroit la veuë : ou bien faict à faict qu'elle se hausseroit sur l'Horizon, elle deuroit

deuroit chãger notablement ses aspects au regard du Firmament, & apparoistre sensiblement plus petite : voire dispa-roistre, quand elle seroit bien haute : ce qui est contre toute experience, mesme en cette derniere Comete, laquelle ap-paroissoit assez grande, mesme quand elle estoit couchée en apparence tout au sommet de nostre Zenith.

En second lieu, la longueur & largeur de sa queüe estoit si demesurée, qu'il n'est aucunement probable, que ce peût estre vne flamme. Car nonobstant sa grande distance de nostre œil, elle nous cachoit aucunefois quarante degrez du Firmament, & surpassoit en apparence la grandeur de la teste plus de cent fois: Or quel amas d'Exhalaisons pourroit fournir de pasture à vne si grande flam-me, si constamment & pour si long temps ?

Finalement, pour parler en general de toutes les Cometes semblables à cette-cy, Appian, Gemma Frisius, Fra-castorius, Cardan, & autres Mathematiciens ont obſerué, que le Soleil, la teſte & la queüe des Cometes, ſi elles en ont, ſont tousjours en vn meſme cercle; de façon que ſi le Soleil eſt en l'Orient, la queüe tourne vers l'Occident : & ſi le Soleil va de l'Orient vers le Midy, la queüe à proportion tourne de l'Occident vers le Septentrion. Ce qui eſt euident par les obſeruations faictes en cette Comete à diuers jours : Car quand le Soleil eſtoit dedans le dixieſme de Sagittarius, elle jettoit ſa queüe dans la jambe de Bootes: & de là en auant touſjours elle a tourné vers le Septentrion, faict à faict que le Soleil a reculé vers le Midy : de façon que, comme le Soleil ſ'eſt retiré vers l'Oriẽt d'Hyuer, la queüe par proportion a dreſſé ſes contours vers l'Occident d'Eſté, qui eſt diametralement oppoſé à l'Orient d'Hyuer. Ne plus ne moins que la lumiere qui ſort par refraction d'vne bouteille pleine d'eauë, tourne à proportion, que le corps lumineux ſe meut autour de la bouteille. Et ayant eſté veüe la ſuſdicte

Comete le vingtiesme du mois de Decembre, & les iours suyuants au soir, lors que le Soleil auoit faict son Occident d'Hyuer, elle auoit la queüe tournée droict vers l'Orient d'Esté. Qui monstre clairement, que la lumiere du Soleil tombant sur le corps de la Comete, & dans sa flãme, si elle en a, passe à trauers, & faict cette longue queüe blãcheastre; comme quand le mesme Soleil trauerse vn flambeau allumé, ou bien vn verre aucunement espais.

§. 2.

DE SA FIGVRE.

Elle estoit du nombre de celles qui trainent vne queüe apres soy, ayant deux parties principales, sçauoir, la teste ronde en apparence, & peut estre en effect: Car la nature se plaist à cette figure plus qu'à aucune autre: Puis la queüe longue & plus blanche, s'alongissant en forme de gerbe, ou comme vne poignée d'osier, paroissant par vne fallace de la veüe, comme ſi elle euſt eſté couchée de ſon long ſur la conuexité de l'air ou du Ciel, & par fois ſemblant vn peu courbée, cõme l'on pourra veoir au pourtraict que j'ay faict grauer & mettre au commencement.

I'ay toutesfois remarqué, qu'elle varioit, tantoſt ſ'appetiſſant au bout, ores ſe dilatant, & quelquefois apparoiſſant en forme de queüe de Renard; ſoit que les broüillarts paſſants entre noz yeux & la Comete nous empeſchaſſent de la veoir entiere, ou que la Lune par ſa grande lueur en effaçeaſt vne partie, ou à cauſe de quelque changement en la matiere, ou par les diuers regards du Soleil, ou que le mouuement de l'air ondoyant changeaſt ſes apparences.

§. 3.

DE SA COVLEVR.

POVR le regard de la teſte, elle a touſjours eſté rougeaſtre, à guiſe d'vn charbõ rond enueloppé de fumée, par-ce-que la lumiere du Soleil passant par la fumée, ou autres matieres aduſtes, telles que ſont les Exhalaiſons, prend tousjours vne couleur rouge: & a-on remarqué, que cette couleur de la teſte de la Comete, s'eſt petit à petit deſchargée, paroiſsãt moins rouge à la fin qu'au commencement, pour la diminution ou rarefaction de la matiere.

Quant à la couleur de la queüe, elle a eſté plus blanche que celle de la teſte, comme eſtant vne refraction de lumiere receüe en vne matiere plus diaphane & moins terreſtre: laquelle toutesfois a changé diuerſement ſes aſpects. Car au commẽcement elle apparoiſſoit vn peu teinte de rouge aupres de la teſte, & par fois à guiſe de fumée: mais plus ſouuent auec vne lumiere blancheaſtre & blafarde, ſemblable à celle de ces verges & rayons, que le Soleil darde par fois au trauers des nuées.

§. 4.

DV LIEV ET CORRESpondance qu'elle a eu auec les principales parties du Ciel.

NOVS l'auons tousjours veüe au quartier Oriental entre le Septentrion & l'Orient; excepté ces derniers jours, esquels on l'a obseruée le soir au quartier Occidental entre l'Occident & le Septentrion. Sa teste s'est rencontrée premierement en la Zone torride entre l'Equateur & le Tropicque de Cancer, & entre les constellations de Bootes, de la Vierge, & du Serpent.

Au respect du Zodiaque & de l'Ecliptique, elle estoit premierement dedans le quartier de Libra, duquel elle a passé dedans celuy de la Vierge & du Lyon. Lors qu'elle nous apparust pour la premiere fois, qui fust le premier du mois de Decembre, elle ne se retrouuoit dedans aucune Constellation, mais bien tost apres elle s'aduança dedans la

Constellation de Bootes, où elle y a faict ses gistes jusques au vingtiesme du mesme mois, puis costoyant la grande Ourse, elle s'est tousjours auoisinée du Pol.

Le Soleil durant ce temps a esté dedans le signe de Sagittarius, la Lune a couru presque tout le Zodiaque, Saturne s'est trouué dedans le signe des Iumeaux, Iupiter dedans les Poissons, Mars dans celuy de Virgo, non trop loing de la Comete, pour donner quelque croyance à ceux qui tiennent, que ce Planete, comme estant de nature ignée, a beaucoup d'efficace sur les Cometes. Venus estoit au Capricorne, Mercure au Scorpiõ & Sagittaire: Mais ce n'est pas la coustume des Astrologues, de s'arrester beaucoup aux aspects des Cometes auec les autres Estoilles, à cause qu'elles sont d'vn autre naturel, & d'vn mouuement tout diuers.

§. 5.

DE SON MOVVEMENT.

SON mouuement a ésté double. L'vn estoit le tour journalier d'Orient en Occident, qu'elle a faict portée en vingt quatre heures, sans retrograder, par le mouuement des Cieux qui entrainent & rauissent quant & soy le globe du feu, & de l'air. L'autre luy estoit propre & particulier, de l'Equateur vers le Septẽtrion, & des parties meridionales vers les Septentrionales, selon l'ordinaire de plusieurs autres Cometes, que les historiens nous descriuent. Soit que par son mouuement journalier & spiral, elle s'approchast du Pole, ou le mouuement de l'air & du Ciel est moins rapide, Ainsi que les nauires, & autres corps qui se meuuent en limaçon dedans vn tourbillon d'air ou d'eau, cherchent naturellement le milieu pour estre plus immobile, comme enseigne Aristote en la derniere de ses questions mechaniques: soit qu'elle fust attirée par le raport & sympathie,

pathie, ou chassée par l'antipathie que elle auoit auec quelques Estoilles. A raison de ce dernier mouuement, depuis 30. jours en ça elle a couru la moitié de la Zone torride, en sorte que, passant de la Constellation du Serpent au trauers de Bootes & tirant vers le Pole, elle s'est aduancée par dessus nostres Zenith jusques au Dragon, voisin du cercle Arctique, si que depuis le vingt & vniesme de Decembre elle a faict son tour sans descendre sous nostre Horizon, & l'ay veuë plusieurs fois matin & soir.

D'où il appert, premierement, qu'elle a tous les jours varié & diminué ses paralleles & cercles journaliers, depuis l'Equateur jusques au parallele du 64. degré. Secondement, qu'elle a particulierement enuisagé tous les pays qui sont entre l'Equateur & le susdict parallele. Car combien qu'à raison de son mouuement circulaire d'Orient en Occident, & a cause de la rondeur de la terre, elle ne soit pas demeurée plus longtemps en vn lieu qu'en vn autre, si est-ce qu'on peut dire qu'elle a regardé ſpecialement les pays, au deſſus deſquelz elle a paſſé : comme ſont, outre la meilleure partie de l'Americque Septentrionale, vne grande portion de l'Africque & de l'Aſie, ſpecialement le Royaume de Perſe, l'Inde Orientale, la Chine, les terres du grand Seigneur, & en Europe, l'Eſpaigne, l'Italie, la Grece, la France, la Lorraine, l'Allemagne, l'Angleterre, & la Poulongne. L'on pourra veoir, au plan cy deſſus, ſon chemin tracé ; lequel toutesfois ſe pourra beaucoup mieux remarquer deſſus le globe celeſte.

§. 6.

DE SA DVREE.

NOVS ne l'auons apperceuë au Pont-à-Mouſſon, que le premier de Decẽbre, bien qu'on aſſeure, qu'elle a eſté beaucoup pluſtoſt deſcouuerte en Champaigne & Allemaigne, ſçauoir, dés le neufuieſme de Nouembre. D'où l'on peut conjecturer, qu'elle ſ'eſt engẽdrée ſur la fin de l'Automne au commencement dudict mois de Nouembre, ſelon l'ordinaire des autres Cometes. Tellement qu'ayant encor eſté veüe le 29 de Decembre, elle pourra auoir duré quelque 60 jours, lequel tẽps n'eſt pas beaucoup eſloigné de la durée des autres Cometes ordinaires. Car encor qu'il ſ'en ſoit trouué quelques vnes qui ont duré ſix mois, voire meſmes vn An, comme celle qui deuança la ruine de Hieruſalem, toutefois ordinairemẽt elles ne durẽt gueres plus de deux mois leur matiere venant à defaillir, partie ſe diſſipant par le mouuement, partie parce qu'il y a peu d'Exhalaiſons vers le Septentrion, & celles qui ſ'y eſleuent, ſont empeſchées par la froidure & eſpaiſſeur de l'Air, d'aborder juſques au lieu de la Comete.

§. 7.

DE SA DISTANCE ET esloignement de la terre.

CE poinct est le pl⁹ difficile de tous, & le pl⁹ necessaire pour cognoistre la grosseur & grandeur de la Comete, la vitesse de son mouuemẽt, & la longeur du chemin, qu'elle a faict.

Ceux qui mettẽt quelques Cometes au dessus de la Lune, se seront persuadé aussi, que la nostre y aura esté. Premierement, par ce que les Astronomes prẽnent pour indice qu'vn corps Celeste est plus haut que l'autre, quand, en son mouuement propre, il est plus lent que les autres. Ainsi, disent ils, que le firmament, qui est le plus haut de tous, n'acheue son mouuement propre qu'en plusieurs milliers d'Années. Saturne, qui suit, en 30 ans. Iuppiter en 12. Mars en 2. le Soleil, Venus, & Mercure en vn, la Lune en 28 ou 29 jours. Ie parle à peu pres, car il n'est pas icy question des Minutes. Or est il que nostre Comete a eu vn mouuement propre beaucoup plus lent que celuy de la Lune, ne faisant dans son cercle du Midy au Septentrion, que 2. degrez & demy par jour, ou enuiron, la où la Lune en faict pour le moins dix chaque jour. Il faut donc conclure pour garder l'harmonie des mouuemẽts celestes, qu'elle estoit au dessus de la Lune.

Secondement, par-ce qu'il n'est pas probable, qu'vne impression Elementaire au dessoubs de la Lune, ait peu garder tant d'vniformité en son mouuement particulier, qu'elle a faict, descriuant, ou parfaictement, ou à peu prez, vn grãd cercle du Midy au Septentrion, comme l'on peut recueillir des distãces qu'elle a eües auec les Estoilles fixes de la queüe de l'Ours, d'Arcturus, du cœur du Lyon, de L'espic de la Vierge.

Troisiesmement, par-ce qu'elle n'auoit point de parallaxe, ou diuersité d'aspect, si sensible que la Lune, qui est la raison par laquelle Tycho Brahe prouue, que la Comete de l'an 1577. estoit au dessus de la Lune. Et certes qui voudra se fier aux obseruations sensibles, faictes en vn mesme lieu trouuera cecy fort probable, jusques à tant qu'il soit acertené du contraire, par quelques obseruatiõs plus exactes ou faictes en diuers pays. Car il conste par les obseruatiõs faictes, partie en diuers jours, partie en diuerses heures d'vn mesme jour, pour exemple lors que la Comete auoit 7. degrez & puis 47. de hauteur dessus nostre Horizon, que sa distance auec l'extremité de la queue de la grande Ourse a fort peu varié & ce à peu prés d'vn demy degré, durant l'espace de 5. heures, non tãt pour sa diuersité d'aspect, que pour son mouuement particulier. Or est-il que si elle eut esté placée au dessous de la Lune, elle eut eu vne autre bien plus notable distance.

Selon cette opinion, il faudroit dire, qu'elle n'estoit pas moins esloignée de la terre, que de 60. mille lieuës françoises (supposé que de demy-diametre de la terre en contienne mil sept cent nonante, & qu'vne lieuë françoise comprenne deux mille d'Italie) par-ce que la Lune selon le calcul des Astronomes, est distante du centre du monde, pour le moins l'espace de trente trois demy-diametres de la terre, & deux tiers, c'est à dire 33 fois & deux tiers 1790. lieües, qui font plus de soixante mille lieües françoises.

Que si quelqu'vn suyuant cette mesme opinion, & suyuant la hardiesse de Tycho Brahe, la vouloit placer au plus haut & conuexe du ciel de la Lune, il deuroit dire, qu'elle estoit distante du centre de la terre, l'espace de cent quatorze mille cinq cent soixante lieuës: & partãt supposé que son diametre conprint 5 minutes en son cercle. Sa teste auroit de largeur 166. lieuës enuiron.

Sa solidité, supposé qu'elle fust cubicque, plus de quatre milliõs de lieuës solides; supposé qu'elle fust ronde deux millions, & plus de 300 mille. La longueur de sa queuë à raison de quarante degrez, tiendroit octante mille & dix lieuës; L'a largeur à raison de 2 degrez 4 mille & demy lieuë. Son mouuement journalier, dans son plus grand cercle, 7 cent 20 mille 91 lieuës enuiron, autant qu'en feroit vne Aigle, si par chacune heure du jour elle faisoit enuiron 30. mille lieuës

Mais ceux qui logent toutes les Cometes au dessoubs de la Lune, n'y ayant point d'apparence, à leur dire, que ces impressions se forment dans les Cieux, qui sont incorruptibles & selon que plusieurs escriuent, solides cõme le bronze ou comme le Diamant, ne luy dõneront pas vne si grande distance, grosseur & vitesse.

Selon ceux-cy, elle ne peut auoir esté distante de la terre, moins de 20. lieuës, attendu que les nuées, qui se forment en la moyenne Region de l'air, & qui, selon les demonstrations de Nonius & Vitello, s'esleuent par fois jusques à 20. lieües de la terre, nous en desroboyent la veüe.

Mais à determiner de combien elle estoit esleuée par dessus les 20. lieües, il y peut auoir vne grande diuersité d'opinions. Car les vns la mettront à 100. lieuës

lieuës loing de terre, & selon cette distãce. La grosseur diametrale de sa teste, sera de deux lieuës trois quarts : sa solidité, supposé qu'elle fust rõde, dix lieuës cubiques pour le moins.

La longueur de sa queüe mille trois cent 20. lieuës, la largeur 66. Son tour journalier d'vnze mille huict cẽt octante lieuës : & par heure 495. lieuës. Son mouuement propre à raison de 60. degrez qu'elle a parcouru du Midy au Septentrion durãt 24. ou 25. jours du mois de Decembre, ausquelz elle s'est monstrée plus apparente, 19. cent octante lieuës ; & par chasque jour à raison de 2. degrez & demy enuiron, 82. lieuës & demy.

Les autres luy marqueront ses logis à 10. mille lieuës de la terre, & selon ceux-cy. Son diametre aura esté de 17. lieuës enuiron, sa solidité si elle estoit cubique de 4913. lieuës.

La longueur de sa queuë, de huict mille deux cents trois lieuës & demy enuiron. La largeur de quatre cent 10.

lieuës à peu prés. Son mouuement journalier de 74. mille cent huict lieuës, & quatre septiesmes.

Les autres monteront plus haut jusques au concaue de la Lune, & plus probablement selon les obseruations sensibles qu'on a faict touchãt la susdite Comete, diront qu'elle estoit distante plus de 45. mille lieuës du centre, & donneront à son diametre 65. lieuës enuiron, & à la rondeur de son corps, enuiron 204. lieües.

A la longueur de sa queüe, 31. mille quatre cent 28. lieues & demy enuiron, à sa largeur mille 5. cent septante & vn.

A son mouuement journalier, deux cent 82. mille huict cent 57. lieues auec vne septiesme.

§. 8.

DE SES EFFECTS & presages.

LES Poëtes nous chantent, que les Cometes sont des auant-coureurs & messagers mal-encontreux & de siniſtre Augure. Ainſi Claudian en la guerre Gethicque nous dict, qu'elles charrient tousjours quelque malheur en queuë.

Et nunquã cœlo ſpectatũ impunè Cometam.

Lucian, Virgile, la Sibylle meſme, & les autres Poëtes, tant frãçois, que latins, en eſcriuent autant. Et de faict l'experience & la raiſon monſtrent, qu'elles apportent quelques alterations extraordinaires en l'air & aux corps inferieurs: telles que ſont, les ſeichereſſes & ſterilitez, les vents impetueux, les maladies contagieuſes & epidemiales. Car cette grãde maſſe d'Exhalaiſon, qui compoſe la Comete, par l'eſpaiſſeur de ſon corps, peut empeſcher & corrompre l'influence des corps celeſtes, ſur les contrées par leſquelles elle paſſe : Elle peut auſſi par ſes qualitez aduſtes & minerales, ou deſſeicher ou par trop attiedir l'air. Et puis attirant de la terre par ſa chaleur & par ſympathie , grande abondance d'Exhalaiſons, il reſte prés de terre peu de vents , pour battre & nettoyer l'air, & l'empeſcher de corruption , ou bien s'il reste de grands vents, comme aucunesfois il arriue, ilz reçoyuent & respandent icy bas, les qualitez malignes de la Comete faict à faict qu'elle est dissipée.

Ie n'ay plus qu'vn mot à dire à ces Astrologues judiciaires, diseurs de bonnes & mauuaises aduentures, qui asseurent que les Cometes sont presages certains de troubles, guerres, changements d'Estats, ou de la mort de quelques Grands. Et pour donner couleur à leurs Propheties, apportent pour raison, que la trempe & complexion naturelle des Princes, comme plus tendre & delicate, est plus susceptible des influences malignes des Cometes, la seicheresse desquelles, subtilise ou augmente leur humeur bilieuse, si qu'ilz entrent aisement en querelles, & prennẽt des resolutions de guerre, qui rauagent les Villes & Prouinces, & bouleuersent les Estats & Empires; Voila de beaux comptes, qui ce neantmoins sont reçeuz de plusieurs pour articles de foy, jaçoit que l'expeſience ait monſtré ſouuent la vanité de ces Propheties : Car pluſieurs Cometes paroiſſent, ſans qu'aucun Prince meure: & pluſieurs Princes meurent, ſans que l'on ait veu aucune Comete. Ioinct que la delicateſſe de leur complexion, n'eſt pas pluſtoſt offenſée par l'intemperie de l'air, que celle des autres hommes, tant par-ce qu'il y en a de plus delicats qu'eux, qui n'en meurent point, que par-ce qu'ilz ont plus de moyen de ſe guarantir que les autres.

Que ſi ce qu'ilz diſent de la cauſe des troubles & remüements publics eſtoit vray, les Medecins ſeroyent les plus grands hommes d'Eſtat, & les plus ſages Politiques du monde, par-ce qu'ilz pourroyẽt par vne doſe de Rheubarbe, purgeant l'excés de la bile des Princes, deſtourner tous les malheurs d'vne cruelle guerre, & mettre la paix par tout.

Ie ne veux pas dire pourtant, que Dieu par ſa ſecrette diſpoſition ne ſe puiſſe par fois ſeruir des Cometes cõme d'vn prognoſtic, & qu'il ne ſe joüe par fois à faire des prodiges au Ciel, tant pour attirer les hommes à l'admiration de sa grandeur, que pour les intimider par la demonstration de sa puissance. Il pend les verges là haut, comme vn bon pere qui les met dessus le buffet à la veüe de ses enfans, non tant à desseing de les chastier, que de les faire craindre & contenir en leur deuoir.

FIN.

www.ingramcontent.com/pod-product-compliance
Lightning Source LLC
LaVergne TN
LVHW052019160826
845678LV00003B/1119

* 9 7 8 2 3 2 9 6 4 0 5 4 9 *